보조개 사과

시와소금 시인선 · 095

보조개 사과

송병옥 시집

시와소금

- 경기도 김포 출생.
- 2018년 《문학광장》 신인상 및 2019년 《시와소금》 신인상 당선.
- 2019년 인천광역시 (재)인천문화재단 한국문화예술위원회 창작지원금 수혜.
- 2002년 《수필춘추》 수필가 등단.
- 2017년 수필집 『다섯 번째 계절에 피는 꽃』 발간.
- 현재 한국문인협회, 문학광장 및 시와소금작가회, 강화문학회에서 활동 중.

- 전자주소 : taesong9@naver.com

일상의 빠른 걸음을 비집고 들어와
얼굴을 반짝 치켜들었던 심상들

마음을 사로잡고
마음을 들어올리며
마음을 머물게 했던 흔적이다

그 자취는 선명한가?

페이지 어디쯤에서
마주 보는 마음 한 자락 톡 건드리고
지나갈 수 있을까?

이런 아쉬움이
시를 품는 가슴을 더욱 뜨겁게 하리
부끄럽고 설레는 마음으로
첫 시집의 문을 연다

2019년 여름 강화에서
송병옥

| 차례 |

| 시인의 말 |

제1부

제2부

제3부

제4부

제 1 부

아침 공사장

반쯤 열린 창으로
새벽빛 한 무더기가 넘어와서
잠에든 인부들의 곤한 얼굴을 덮고 있다

이른 아침 굴착기 소리에
하나 둘 눈꺼풀을 들어 올린다

인부들은 한층 한층 올라가는 꿈을 따라서
반듯한 거푸집을 짜 올린다
패이고 틀어지고 구겨진 시간들을 메우고 바르고 편다

흔들리는 삶을
철근과 철근을 붙잡아 매는
결속선으로 꼭 묶어 놓고
콘크리트를 붓는다

뙤약볕 아래서 망치질 소리 기운차다

쌀을 씻다가

쌀을 씻는다
뜨물 거품이 일어나더니
쌀알들 동실동실 떠오른다

형체는 멀쩡한데
스티로폼처럼 수면을 떠다니는 쌀알
물에 쓸린다

며칠 전만 해도 아무렇지도 않았던 쌀
벌레가 먹은 모양이다
쌀부대
단속에 무심했던 탓이다

생긴 건 멀쩡한데
한 곳에 정착하지 못하고
둥둥 세상을 떠다니던 사람

우리 회사에 일용직으로 왔던
석축공이 생각난다
충청도에서 왔다는

황소인력사무소

며칠 전 늘어선 상가 간판들 사이로

저돌적으로 돌진하는 황소 간판이 나타났다

황소는 야생에서 단련된 듯 거침이 없어 보인다

건너편 무쇠인력사무소가 보유한 힘보다 윗길임을 이미지화
한 것일 테다

다음 날 신새벽부터 힘을 팔러 나온 인부들의 발길에

황소인력사무소 문지방은 반질거리기 시작한다

일터로 불려 나가다 끊기고 마는 줄

오늘 하루도 절반은 허탕으로 끝났다

언제쯤 누가 저 황소 같은 인부들을

다 몰고 나가 뜨겁게 부려 줄 것인가

노가다 씨에게

하루 벌어 하루를 잇는다고
하루살이의 생을 떠올리지 마라
오늘의 노동은 내일 또 내일을 위한 한 줌의 햇살이다

바람에 떠다니는 물결 위 나뭇잎같이
줏대 없는 듯 떠밀리지만
날마다 마음의 심지를 돋우는 그대여

고달픈 이 시간도 다 흘러간다
도랑을 흘러온 강물처럼
산모퉁이 휘돌고 갈대밭을 지나
너른 바다에 이른다

누가 누구의 앞날에 대해서
어설픈 예언을 할 수 있으랴
우리는 너나없이
흐르는 물처럼 바다로 향하는 물 위의 인생 순례자들인데

강물에 벚꽃 환한 마을이 비치면
도근도근 가슴을 두드리는 아지랑이
그대의 어깨를 팽팽하게 부풀릴 것이다

가계부

시집을 오자 시어머니는
치부책과 잘 놀아야
돈이 달아나지 않는다고 하셨다

봄바람 든 처녀처럼
자꾸만 뛰쳐나가려고 안달 내는 돈에
발목을 잡아 두겠다고
시어머니 충언을 따랐다

저녁마다 시시콜콜한 것까지
씀씀이 다 밝혀 숫자로 보고하고
계산기 눌러 확인시켜 주고
매일 가계부와 눈을 맞추었지만

어차피 흔적만 남기고 다 도망가버릴 돈이었다

생활비 바닥을 치던 날
다 외벌이이기 때문이라고

펜 끝에 힘을 주어 이력서를 썼다

남편의 얇은 쥐꼬리 봉투에
내 짧은 쥐꼬리 봉투를 포갰다

가계부 행간에 걸렸던 한숨 소리가 웃음 소리로 펄럭였다

매미

방바닥에 매미가 죽어 있다
두 뼘 행운목 화분 뒤에
투명거푸집 같은 매미 허물
굼벵이가 화분에서 몇 년을 기다려 자신을 벗은 것이다

매미의 변신을 지켜보던
방안의 가구와 시계와 화분은 마음을 졸였고
지나던 바람도 햇빛 가리개를 비집고 들어와
날개를 떠받쳐 주었을 것이다

하지만 밖으로 나갈 수 없던 매미
매미에게 빈틈없는 블라인드는 철벽이었을 것이다

집에서 멀지 않은 원룸 옥탑방에 살던 취업준비생이
죽었다는 소식이다

수년 동안 세상으로 나갈 준비를 해 왔으나
취업이라는 장애물에 걸려

더는 날개를 추스르지 못한 것이다

사진으로 보여주는 그의 방에는
마지막 출구를 더듬은 흔적과 면접에 입었던 정장이
매미의 허물처럼 놓여 있었다고 한다

쉼표약국

큰길가 새로 지은 건물에 내걸린
눈에 띄는 간판 하나
쉼표약국

숨찬 사람들 잠시 들러서
쉼표를 찍고 가라는 걸까
열린 휴게실이라도 있다는 걸까
어쩌면 인생 피로회복제를 파는지도 모르겠다

느긋할 수 없게 서로를 몰아치는 우리에게
개미 로봇 같은 우리에게
잠시 제동을 걸어주겠다는 발상이라면
일상에 착한 응원이 될 수도 있겠다

쉼표에 조급한 사람들이 약국으로 들어간다

밑져야 본전인데 한 번쯤 들러볼만 하지
나도 퇴근길에 내려앉는 눈꺼풀로

들러보려 마음먹어 본다

확 다가서는 쉼이라는 첫 글자는
잠시 동안의 위안 같은 눈속임일 것이다
그렇더라도, 빛나는 간판 하나

일벌레들이 자꾸만 쉼표약국을 기웃거리고 있다

등 뒤의 길

들깻잎에 묻어온 애벌레 한 마리
세워놓은 책 위를 거침없이 기어간다

걸음 멈추고 말뚝처럼 서서
여기저기를 고갯짓으로 디뎌보는 것은
갈 길이 벼랑인 때문이다

아득한 공중
샛길도 굽은 길도 없는
길이란 길은 모두 행방을 감춘 길 끝에서
납작 엎드린다

막다른 길의 막막함인가 얼어버린 듯 죽은 듯 고요하다

한참 만에 애벌레가
서서히 몸을 일으켜 까치발로 섰다
거듭 확인해 보는 온몸을 쓴 수색작전
역시 앞길은 오리무중이다

애벌레가 갑자기 몸을 돌린다
등 뒤의 길을 기억해 냈을까

벌레는 뒤돌아
옆의 서류로 내려서 갈 길을 잇는다
다시 무한한 길 위에 서게 된 것이다

길이 없는 곳으로 뛰어내렸다는 고기집 주인은
뒤에 있는 길을 두고
막다른 골에 갇혔다는 생각만 했나보다

북청약수

사무실 근처 식당으로 점심을 먹으러 왔다

말끔한 옷차림에 한 남자가 들어오더니
'여기여, 북청약수 먼저 주시겨'
주문부터 해 놓고 자리에 앉는다

예전에 북청 물장수가 팔았다는 맛좋았다던 그 물?
공짜로 주는 생수 말고
청정한 고급 물을 따로 팔고 있었나?

주인은 곧바로
찰랑거리는 큼직한 유리잔을
쟁반에다 받쳐서 내왔다

남자는 북청약수 맛에 인이 박혔는지
갈증이 심했는지
벌떡벌떡 걸신스럽게 들이켰다

카~하!
빈 잔을 내려놓을 때 튀어나온
만족스럽고도 상쾌한 감탄사
단박에 생기가 도는 얼굴

이제야 감이 잡힌다
북청약수의 정체는 바로 소주였다
남자와 주인 사이에 통하는 암어였구나

아버지가 마시는 술에 반은 눈물이라는데
저 남자는
밥벌이가 만만치 않은 가장인지도 모르겠다

보조개 사과

탐스런 표면에 쏙 들어간 흉터 하나씩
옥에 티다
우박에 맞아
군데군데 흠집 난 사과
상처는
익어갈수록 또렷해졌다

가게 주인은 보조개 사과라고 한다
사람의 볼우물로 봐 주라는 것이다

아픔을
속으로 아물렸을 사과
과일가게 뒷줄에 있어도 마음이 먼저 간다

화상 입은 반그늘 나무를 보며

여름을 누리던 행운목 이파리들
하루 새 가랑잎이 되었다
햇빛에 덴 것이다

사무실 리모델링 하면서
옥상으로 잠시 옮겨 놓은
반그늘 나무들 단풍 들었다

고온다습의 열대가 본향이니
강렬한 햇살을 그리워할 줄 알았는데
이파리들의 햇살 면역성은 온실 속 꽃이었다

행운 한번 전하지 못하고
뜨건 빛에 흠칫 놀라
푸른 박동을 멈춘 표정이 슬프다

연쇄부도의 불꽃에 홧홧해 하더니
부황 든 것처럼 누렇게 떴던
그 사람 얼굴이 스친다

상수리나무

남산 산책로엔
상수리나무들이 저마다 훤칠한 키에
무성한 잎을 달고 서 있다

가까이 다가가 보니
나이 먹은 나무는 하나 같이
넓고 깊은 흉터를 지니고 있다

어린 날 뒷동산
상수리나무들이 다가온다
가을이면 동네를 흔들던 메질 소리
나무의 멱살을 잡고 흔들다 못해 매질하던 사람들

몇 차례 연거푸 떡메로 얻어맞으면
상수리나무는 비틀거리면서
막 아람 벌어지기 시작한
상수리들을 툭툭 놓아 버렸다

살점 이겨진 곳에 고인 투명한 피
나무의 눈물인 줄도 모르고 달려들던 벌과 사슴벌레
아물면 또다시 그 딱지에 상처를 가해도
꿋꿋이 살아온 상수리나무
울룩불룩한 흉터를 가만히 쓰다듬어 본다

질경이

강화읍성 쨍쨍한 볕이 좋아서
성벽과 나란히 흐르는 길가에 터를 잡았어요

누군가 또 내 정수리를 밟고 지나가요
숨은 막힐 것 같고 몸은 으깨져 푸른 피 비치는데
사람들은 뒤 한번 돌아보지 않고 바삐 가네요

망초가 부러워 목을 한껏 빼고
홍자색 지칭개꽃 올려다보며
뒤꿈치를 힘껏 들어보아도
타고난 땅딸보는 그저 냉가슴이나 앓고 맙니다

그렇다고 쉽게 쓰러지지는 않아요
밟히는 데 하도 단련이 되어서
익숙하게 손바닥 후후 불며 다시 일어서요

비 내리는 날엔 찢어진 잎 사이로
빗물이 드나들고 바람이 지나가고

흙먼지 튀어 올라 어깨는 더 늘어지기도 하죠
그래도 꽃대를 밀어 올리며 웃는 날이 많아요

맞벌이 주부의 하루

단잠으로 충전된 몸이
새벽을 일으켜 세운다

식구들의 옷가지를 세탁기에 넣어 돌리고
청소를 하고
아침 식탁을 차린다

만원 버스에 다리가 휘청거려도
정다운 얼굴과 나누는 모닝커피 한 잔에
꽃향기처럼 번지는 미소
오늘의 업무 신속하게 접수되고 생동한다

건설공사 현장을 착공에서 준공까지
서류로 정리하고 사진으로 보여주고
입찰에 마음을 졸이고
인부들에게 일당을 지급하는 나의 일터

먼 산 위에 노을이 번질 때

사무실을 나오며
끝없는 하늘을 본다

힘 있게 오르는 계단
문틈으로 새어 나오는 아이들 웃음소리가
내일로 가는 기적 소리 같다

생선장수

해거름에 강화 장마당에서 보았던 남자가
생선차를 몰고 읍내에 나타났다

'싱싱한 제주 갈치가 왔어요'
파장이 되도록 못다 판 갈치를 떨이로 팔고 있나
절절한 목소리에
제주 바다가 강화 읍내에 비린내로 풀렸다

퍼런 차 바닥 스티로폼 안에
몇 마리 갈치가 누워있다

목 터져라 외쳐대는 저 남자는
한때 날마다 배를 밀고 나가
파도를 치고 올라오는 갈치처럼 펄떡였을 것이다

남은 갈치를 다 팔아야
내일을 살아갈 수 있다는 듯이
읍내 골목을 돌고 돈다

나는 저녁 식탁에 올리려고
대문 앞에서 맞이한 갈치를 떨이했다

돌아가는 남자의 트럭이
차량 방지 턱을 넘을 때 출렁한다
생선장수의 인생이 출렁이길 바랬다

부활

산 입구에 들어서자 풀 비린내가 길을 막아선다

인부들이 예초기를 휘두르며
성벽을 따라 올라가고 있다

둥근 날은 팽이 돌듯하고
저항하는 냄새로 자욱한 숲
온 산이 시퍼렇게 질려 숨죽이고 있다

칼날에 베인 풀들이 갈퀴 안에 모여
냄새로 부르짖는 푸른 하소연

그러나 풀은 칼바람이 지나간 뒤에도 뿌리를 꿈틀 살아난다

제 2 부

할머니의 시계

벽시계가 있어도
까막눈이신 할머니가 보는 시계는 따로 있다

닭이 서너 홰 울면 하루를 열고
외양간 흙벽 벌어진 틈을 통과한 햇살이
마루 가운데쯤 앉으면 새참을 내가셨다

화단 골담초가 제 발밑에 그늘을 잡아 두면
점심을 차릴 시간이 된 것이고
분꽃 꽃망울이 도도록하면 저녁 지을 준비를 하신다
높다랗게 쌓아 놓은 노적가리 그림자가 길게
마당으로 누우면 식구들은 곧 돌아왔다

시간을 자연 현상에 가늠하는 데도
할머니의 짐작 시계는
벽에 걸린 시계보다 더 정확했다

녹슨 경운기

거침없이 탕 탕 탕
며칠씩 수렁논 자갈밭을 갈아도
고장 한번 없던 무쇠 같은 경운기는
농기계 창고에서 나오지도 못하는 날이 많아졌다

절기 바뀔 때면 몸은 안팎으로 쑥쑥 거리고
관절은 기름칠을 해도 삐걱인다
소 몇 마리 몫을 해 내던 장사였던 때
다 해낼 것 같은 마음으로 뒤척여 보지만
허물 같은 녹이 한 켜씩 떨어져 나갈 뿐이다

그래도 경운기는
예전처럼 보습을 달고 벌판으로 달려나가
흙을 호령하던 시절만은 놓을 수가 없다
알곡 가득 싣고 들바람을 가르며 농로를 누비고파
오늘도 문 쪽만 바라보고 있다

며칠 만에 방에서 나온 아버지가

쓰러질 듯 농기계 창고 안으로 들어섰다
경운기 안장에 간신히 올라앉아서
시동을 거는 시늉과 모는 시늉을 하고 있다

감자를 캐며

친정집 텃밭에 앉아 감자를 캔다
호미를 깊이 넣고 줄기를 잡아당기자
감자들이 잇따라 해말끔한 얼굴을 내민다

아직껏 감자들을 붙잡고 있는
볼품 사나운 씨감자 한 조각

어머니 같은 씨감자 뚝 떼어 낸다

중심을 지키느라 고달팠던 모체
손이 닿자 형체를 잃고 힘없이 쭈그러든다

줄기로 알뿌리로 자양분 고루 퍼 나르느라
속이 빈 어머니다

오목한 씨눈마다 깨워서 싹을 틔워 올린 씨감자

씨감자를 자르던 툇마루에서

자식이 많아야 집안이 번성한다던 어머니 말씀이 떠오른다

가뭄 땡볕에 감자알은 제법 실한데
어머니 생이 거무스름하고 쪼글쪼글한 껍데기로 잡힌다

폐선

물살도 닿지 않는 마른 둔덕에
비스듬히 누운 폐선 한 척
갯바람이 무심히 지나가고
주인도 떠난 지 오래다

요양병동 카네이션 방에 납작 웅크리고 잠든
노인이 배의 주인 일지도 모른다

한때 노인은 저 배 위에다
펄떡이는 은빛 비늘을 무더기로 건져 올렸을 것이다
배 위의 맛있는 등걸잠은 어디 가고
지금은 노인도 폐선도 서로 떨어져서
기약 없는 이승잠을 자고 있다

단짝의 고단했던 한평생
이제는 만날 수 없는 서로의 목소리가 그리운지
폐선 위에 헌 비닐이 바람에 울고 있다

부모

다닥다닥 매달린 감을 딴다

내일 아침은 된서리가 내린다는데
감들은 여전히 태평한 얼굴이다

아직 감꼭지는 가지를 꼭 붙잡아
감을 따는 손에 제법 힘이 들어간다

까치밥 몇 알 남겨도 한 바구니 가득이다

푸 우
이제야 땅에 닿았던 감나무 가지가
숨을 돌리며 제자리로 올라간다

등이 휘고 어깨가 점점 처져도 지금껏
내색 없이 견뎌온 감나무

젖꼭지를 놓쳐버린 알짜배기 고것들 걱정에
편 허리가 허전해 보인다

땅나리

땅나리 봉오리들이 금방 터질 것 같다
벌그레 비치는 속살과
연한 바람결에 조용히 흔들리는 꽃대
해산이 임박한 임부를 생각나게 한다

고개 수굿한 나리꽃봉오리 끝에
물방울 하나씩 매달려 있다
이슬도 빗물도 아닌
글썽이는 점액질의 방울들
꽃의 양수인가
눈물인가
산통을 견디느라 앙다문 입술 사이로 새어나온 신음인가

태아들을 꼭 붙잡고 있는 땅나리 꽃대가
내 생애 가장 높고 심오한 관문을 통과하던 때를 끌어당긴다

문을 박차고 세상으로 나오려는 힘과
세상으로 내놓으려는 힘이 합체를 이루는 시간

벼랑을 기어오르고 심해를 헤매는 것 같았던
그날의 산통이 느껴지는 것 같다

어머니의 눈

땔감 구하러 산에 갔다가
청솔가지에 눈이 쓸렸을 때
안과는 무슨 호강에
애들 먹이고 가르치는 것이 우선이라고
핏발 가셨으니 다 나았다고 하셨다

몸이 천 냥이면 눈이 구백 냥이라는데
눈뜨고 시나브로 구백 냥을 도둑맞을 동안
붉었다가 아른거리다가 병 깊어간 어머니의 텅 빈 눈

친정집 안마당으로 들어서면 먼저
어머니의 익은 음성이 방문을 열고 나온다

어머니의 눈은
어둠에 잠긴 방안을 자맥질하다가
벽을 더듬더듬 짚어가며
문고리를 찾고 있었을 것이다

내가 쑤어 간 호박죽을 드시는 수저가 기울어
절반은 어머니 턱과 앞자락이 받아먹는다

남은 죽 받아 드시다 말고 다 보이는 것처럼
"네 얼굴이 아주 해쓱하구나, 어디 아프냐?"

글썽이는 눈물에 굴절된 어머니 몸이 흔들린다

익어 간다는 것은

성질머리 떫떠름한 땡감은
햇볕의 다정한 속삭임에 물들어
동네 까치들 한 끼 특식을 준비하는 중이고

비밀을 여미다 소금 세례에 움찔한 배추는
풀어헤친 가슴에
갖은 맛 다 품어 맛깔스런 김치로 거듭나는 중이고

들의 곡식들은 낱알을 잉태하고 키우며
자연의 이치가 은혜로워
고개가 땅에 닿도록 감사의 기도를 올리는 중이고

사람은 나이를 먹어가고
밥은 뜸이 들어가고
술은 깊은 향미를 지녀 가고
뜨막했던 우리 사이는 익숙해져 가고

그렇게 말랑해지고

감칠맛이 들고 여물고
절정의 시기로 내달아

완성에 이르러 감이다

어미

동물원 침팬지 어미는
오늘도 보채는 어린 새끼를 본척만척
육아에 딴짓이다

어미가 되기 전 가지고 있던 악동 기질이
모성 본능을 가로막나 보다고
사육사는 걱정이 많다

불안한 사육사가 모성애 시험에 나섰다

모형 뱀을 새끼 가까이에 접근시키자
어미는 번개처럼 달려와
새끼를 잡아채 천정으로 피한다
위험이 사라진 뒤에야
바닥으로 새끼를 데리고 내려와
품에 안고 젖을 물린다

어미로 산다는 것은 이런 것

언제 어디서든 자식을 볼 수 있는

천리안을 갖고

청진기 귀를 갖는 것이다

굴참나무

인적 뜸한 마니산 등산로
굴참나무 군락지에
도토리가 쫙 깔려있다

어깨 한번 못 펴고 쪼그라진 무녀리에
호기심 넘쳐 철들기 전에 가출한 문제아도 있다
탯줄 매단 채 나온 미숙아와
미끈하고 야무진 될성부른 도토리도 있다
하나 같이 어미에게는 조마조마한 자식들이다

이런 열매들은 종알종알
햇볕이 따갑고 바람결이 어지러운가 보다

벌레 먹기 전에
겨울이 오기 전에
뿌리를 내려야 할 텐데
굴참나무 숲을 이어가야 할 텐데

걱정스런 얼굴로 내려다보는 굴참나무는
작은 바람에도 가슴이 철렁한다

여름날, 버스를 타고 가다가

달아오르는 햇덩이에
열매들은 얼굴이 붉고
바람은 풀숲에 숨죽여 누워 있다

군내 버스를 타고 시골길을 지나는데
가지런한 인삼밭과 그늘 넓은 느티나무가 있는 마을은
어릴 적 고향 뒷골 풍경이다
마당에 백일홍 봉숭아꽃을 단장한 한옥은
영락없이 우리 시골집이다

맨발의 어머니가 달려 나올 것 같은 마을샛길

텃밭을 호위하던 옥수숫대 끝에는 밀잠자리가 앉아있고
초가지붕 위에는 보름달 같은 박이 벌렁 누워있었다

노을이 조명처럼 마당을 비추면
어머니는 우물에 담가 둔 열무김치 통을 끌어 올리고
찐 호박잎에 강된장을 곁들여

널따란 마당 밀거적에다 저녁상을 차리셨다

밥상을 물린 뒤 할머니 무릎을 베고 누워
밤마다 옛날이야기를 날개로 달고
쑥을 태운 모깃불 연기를 타고서 별나라 여행을 떠났었다

애기봉에서

초등학생 때 소풍 와서
망원경 속을 들여다보았는데
우리 동네와 다를 것이 없었다

그곳이 북한이니 자세히 보라는 선생님 말씀에
눈을 크게 뜨고 이리저리 돌려보다가
시들한 표정으로 물러섰다

그리고 반세기가 지난 오늘
사람들은 망원경 들여다보기를 지금도 하고 있다
강 건너가 그립고 궁금해서
여전히 착잡한 얼굴로 거울 들여다보듯 열중이다

멀리 뛰기 한 판이면 건널 것만 같은 임진강을
에돌아도 건너지 못하고
가슴으로 강을 건너는 사람들
무념무상 강을 넘나드는 황새가 부러울 뿐이다

전망대를 떠날 줄 모르는 실향민들은
떠난 님 기다리다
망부석이 되었다는 애기라는 기생처럼
전설이 되어 가고 있다

목련방

임차 물건은 침대 한 채
계약 기간은 미정이다
주소는 강화병원 요양병동 목련방
새로 병실에 들어올
고관절이 골절된 할머니가 문 앞에서 대기 중이다

임차 계약은 대리로 이루어지고
입주 절차는 간단히 끝났다
관리원이 안내하자
간호사가 할머니를 실은 침대를 밀고 들어온다.

시어머니도 목련방으로 이사 오기 전까지는
하늘과 땅 사이가 다 당신 세상이었다

그러나 이제는 누워서 액자만 한 창밖의 하늘을 응시할 뿐이다

어머니 어깨가 바르르 떨리더니 몸이 불덩이 같다
목련꽃 훨훨 지는 날
목련 나뭇가지 사이로 하늘을 날아보려는 것인지 모르겠다

마른미역

건널목 건너 화물차에 가득한 건초더미는
바다를 나와
볕에 몸을 말린 미역
골다공증 심한 뼈 사진을 포개 놓은 것 같다

바닷속 바위에 착 붙어서
조류에 흐름을 따르고
파도에 휘둘리며 산 생
차지고 보드라운 마음은 놓은 적 없는데
초록 피 한 방울마저 뻣뻣하다

흔드는 대로 흔들리며 육십 년을
층층시하 시집살이에 고달팠던
시나브로 알츠하이머에
분결 같던 살과 총기를 말린 친정어머니의 몸 같다

장바구니 풀어 마른미역을 물에 담그자
압축되었던 바다의 삶이 풀어진다
물결의 꼭두각시놀음
파고 세서 바위를 놓고 싶던 날들의 사연이 한 자배기다

뒷골집

어른 넷과 다섯 아이가 오글오글
미어터지다가 복닥불이 일어날 것 같던 집
청솔가지 타는 연기가 쥐구멍으로 스며 콜록대던 방과
달리기하는 보꾹의 쥐들을 고무래로 쿡쿡 겁주던 밤과
소똥에 모여 잔치를 벌이던 외양간의 쇠파리 떼와
수수비질에 흙먼지 피던 봉당 그리고 두레박 우물이 있던 집

살림을 이고 지고 언덕을 넘어
조산재 새마을 주택으로 이사한 뒤
뒷골집은 빈속이 쓰려서 몇 날을 앓았을 것이다

한동안
공처럼 튀어 오르던 아이들 웃음소리가 쟁쟁하고
길마에 쓸린 상처 견디는 소를 보듬던 밤이 떠오르고
풍구소리 도리깨질 작두질 소리가 환청으로 들렸겠지

사십여 년을 홀로 버틴 뒷골집에 가보면
행랑채를 놓아버린 뒤 관절염 앓는 노인처럼 기우뚱하다

천정에 난 구멍으로 하늘에 대고 하소연을 퍼붓고
문틀 뜯겨나간 자리로
감꽃 그늘을 들여 보기도 하지만
길짐승 한 마리 품기 어려워 보인다

뒷골집은 구십 상노인처럼 늙어버렸지만
그래도 여전히 견딜 수 있는 힘은
같이 늙어가며 텃밭 가꾸러 오는 주인의 발소리와
농기구 보관소라는 임무 때문일지 모른다

조처녀

일백 년 동안 동네 떠나본 적 없는 우물 안 개구리, 등이 동그
랗던 친정 할머니 몸을 말고 죽은 쥐며느리 닮았다 여남은 살부
터 보리방아 찧고 가마 치고 이삭 줍고 나물죽 쑤고 일에 치이
고 치였다 처녀라는 이름, 한창나이의 큰아기처럼 평생 푸릇하
게 살라고 지었다고 한다 그 뜻 애초부터 꿈도 꾸지 못하고 송
기 꺾어 먹고 개흙 벽 긁어먹고 크다 말았다 가늘어진 개미 다
리와 개미허리 푸성귀 다듬는 뒷모습이 처녀는 무슨 반짝 들릴
공 같았다 일제강점기와 6.25사변과 사별을 넘어온 몸, 마냥 눌
리다 못해 둥그렇게 뭉쳤다 지금 문전옥답 내려다보이는 양지
언덕에 처녀 가슴 봉분으로 앉아 계시다

제 3 부

산길

고려산 오르면서
내려오는 이들에게 인사한다
안녕하세요?
고개 까딱이며 방끗
바로바로 똑같은 응답이 온다
안녕하세요?
흉내 잘 내기로 이름난 앵무새들 같다
흘려듣고 대답하는 말치레 인사라 해도
산돼지한테 쫓기듯 내려오는 발길에 제동 걸기
시름 한 짐 지고 오르는 표정에 방점 찍기다
내가 시작한 안녕하세요, 가
위로 아래로 옮아 옮아가서
산 입구에서 정상까지 어깨 스쳐 지나갈 때마다
인사꽃 방끗방끗 피어난다

바구니를 꿰매며

앵두가 담긴 바구니를 들자
주르르 거실 바닥으로 쏟아지는 열매들
바구니 밑 한쪽이 어그러지고 옆구리가 터졌다

작대기바늘에
쌀부대 입을 봉했던
굵은 실을 꿰어서
새는 플라스틱바구니를 꿰맨다

벗나간 이쪽 살과 저쪽 살을
아울러 꿰매자
바구니 살들 든든히 아물렸다
한동안 걱정 없이 쓰겠다

산다는 것도 이렇게
서로를 잡고 있는 인연의 살 벌어질 때마다
새는 바구니를 꿰매듯
그 사이를 잇는 일
어긋난 살을 당겨서 꿰매는 일일 것이다

와불

석모도 해명산 중턱에 고요한 와불은
보문사 대웅전 향해 귀 열고
종일 평온하다

강화병원 요양병동에 누워계신 시어머니 모습이 포개진다

감자밭 매고 배추 심으러 가야되는데
빗길에 빗나간 다리가 영 제멋대로라고
침대 난간을 잡고 몇 날 울음을 터트렸던
헌걸차던 여장부

몸을 병상에 수평으로 눕히고
낙숫물 떨어지듯 하는 코줄 유동식으로 버티는
사년 넘은 연옥의 시간들

병원 목련방 와불은
보문사에 누워 있는 불상처럼 내내 잠잠하다

강화대교

강화 갑곶나루와 김포 성동나루는
태초부터 마주 건너다보면서
상사병을 앓아왔다

섬은 뭍의 소식 바람결에라도 실려 올까 귀를 세우고
뭍은 섬의 안부가 궁금하여 목을 쭉 빼곤 해서
서로의 마음이 강의 여울로 점점 깊어졌는지도 모른다

둘은 밤마다 염하강에 그리움 가득 실은
쪽배 한 척 띄워 놓고
닿지 않는 손을 뻗어 가슴만 찰랑이다 밤을 새웠을 것이다

오랜 기다림 끝에 사랑의 가교가 놓이고
두 나루는 손을 맞잡고 뜨거운 포옹을 했다

몽고 침략과 프랑스 함대 공격도
노 저어 오가던 돛단배의 고단함과 연락선의 고동 소리도
수많은 차량과 발길에 묻히고

염하강물에 실려서 멀어져 갔다

늘어선 차량들이 뿜어내는 매연과
바퀴에 실려 오는 소란스런 소식으로
지금 강화대교는 몸살을 앓고 있다

고인돌

부근리 너른 잔디밭 가운데 우뚝한 돌
먼발치에서는 커다란 돌덩이였는데
가까이서 보니 틀거지가 만만치 않은 고인돌입니다

육중한 세 개의 돌로 된
탁자형 이 돌무덤은
지역을 이끌었던 우두머리의 마침표라는데

수십 층 흙바닥을 다져
안쪽에 판석을 세워 묘실을 만들고
양편에는 받침돌을 세운 뒤
덮개돌을 얹었다고 합니다

부족장은 단단한 돌처럼
영혼만은 변하지 않겠다고
돌 속에 묻히기를 원했을까요

부족들은 추앙하던 통솔자를

돌집에 모셔두고
정신적 지주로 삼으려 했던 것일까요

선사 시대 원시인들이
생의 끝에서 품었던 간절한 소원은 무엇이었을지
몇 날을 동원되었을 거라는 수백 명의 바람은 또
이렇게 돌무덤을 짓는 일이었을지

고인돌이 옛날을 여기까지 끌고 와서
삶의 흔적과 마무리를 보여주며
먼 먼 과거와 오늘을 이어주고 있습니다

봄비를 바라보며

연인의 밀어처럼 가슴을 노크하는 빗방울들
빗소리는 떠들썩할 봄의 전주곡

땅 전체가 허기진 흡입구다
머지않아 파꽃 봉오리가 부풀어 오를 것이다

사철나무는 탈색된 옷을
산뜻하게 염색하고
농부는 경운기에 기름칠을 하고
새들은 펄럭펄럭 겨드랑이를 보여준다

천지는 꽃 잔치 열고
숲은 어린 새 먹이 보채는 소리로 한층 푸르러지겠지

잠에서 깰 씨앗들의 종알거림
텃밭은 오래지 않아 나비 떼로 나풀거릴 것이다

마니산에서

참성단 아래 펼쳐진 우리 사는 세상
갯벌과 평야와 마을과 임진강 너머의 산야는
낙원을 그린 조감도 같다

고개 들어 두 팔 펴니 구름이 잡힐 것 같아
이 제단이 하늘로 오르는 관문은 아닐까

마니산 참성단에서
북으로 백두산 천지와
남으로 한라산 백록담이 같은 거리라니
여기는 한반도의 중심

사방에서 솟는 생기가
우리 땅 한가운데로 모여들어
마니산이 우리나라 제일의 생기 처가 되었을 것이다

우리 민족의 정기는 이곳에서 끊임없이 솟아나
백두산으로 한라산으로 세계로 뻗어 나갈 것이다

불빛

거대한 산줄기들이 어깨를 맞대고 누운 한계령
산들은 바위와 나무와 풀과 새들을 품고 잠들어 있다

설악산 주봉도 세상을 덮은 어둠도
대청봉에서 일출을 맞이하려는 산객의 바람을 아는지
무질서한 발길을 눈감아 주고 있다

새벽 두 시 반
깊고 높은 산에서 의지할 것은
헤드랜턴과 손전등이고
앞사람 발뒤꿈치가 대청봉으로 가는 길이다

산의 머리 쪽으로 이어진 점점의 빛과
저 아래 골짜기까지
반딧불이 같이 흔들리는 점들이
가야 할 길이고 지나온 길이다

끌고 미는 불빛이

온몸이 땀에 젖고 다리가 시큰거려도
계속 걸을 수 있는 힘이다

짠지

보증사기에 휘말린 이웃남자가
조여 오는 돈줄에
마음을 졸이고 있다

순하고 무른 천성에
세상물정 간 보는데 서툰 혀
왕소금 맛에 잔뜩 겁먹은 남자

김장철 무가 느닷없는 소금의 잠입 침투에 놀라
덜컥 긴장하듯
세상의 짠맛에 몸을 옴츠리고 있다

무는 배처럼 연하고 처녀 종아리처럼 희멀끔했는데
항아리 속에서 겨울을 나더니
누르퉁퉁한 농부의 근육질 팔뚝처럼 변했다

누름돌 밑에서
소금기 파고드는 만큼

내면의 불순물 밀어내며 맞섰을 무
염장의 시간을 견딘 몸이 다부지다

남자에게도 단련의 시간이 필요해 보인다
짠지가 되어
오달진 놈 소리 듣기까지

내소사 꽃잎 문살

일주문에서 천왕문까지
전나무 숲길 벗나무 터널을 지나
내소사 대웅보전에 다다랐다

바늘잎처럼 일어서는 근심을
여래 앞에 내려놓고 백팔배를 올리니
땀이 등줄기에 흐른다

활엽수처럼 넓어진 마음으로
대웅보전 나서는데
들어설 때 지나친 꽃잎 문살이 말을 건다

연꽃 국화 모란 문양의 결 고운 꽃은
대웅보전 분합창문 문살로 피어난 지
사백 년이 넘었다는 나무꽃들이다

꽃잎에서 은은한 향내가 나는 것 같다

불자들 때 묻은 눈과 손이 닿아도

긴 세월 지지 않아

아련한 향기가 가슴으로 스민다

푸른 잎과 가지를 버린 나무는

보상화로 피어나

대웅보전에 드는 중생을 맞이하고 배웅하는 꽃이 되었다

서문빌라

빌라 붉은 벽돌담에 실금이 갔다
줄눈 사이를 돌면서
벽돌을 반 동강 치며 슬그머니 자라는 금은
벽을 기어오르는 실뱀 같았다

실뱀은 장마철 잡초 자라듯 해서
며칠 사이 제법 통통해
담장 꼭대기 넘보며 이무기라도 도모할 기세다

뱀 사육자는
빌라 벽과 담장 사이 한 뼘 공간에서
자신의 생을 줄기차게 뽑아 올리는 느티나무 뿌리였다

그는 담장 밑으로 세력을 넓히는 대로 뱀이 크는 사육법을 쓴다

빌라입주자들의 제재 수단은
느티나무 순 몽동발이 시키기로 모아진다

허나 끈덕진 누굴 감시한다는 것은
성가신 일이라고
나무의 정수리에 생장억제제를 부어버렸다

다시 푸른 머리를 들지 못하는 느티나무
뱀의 몸피 같던 담장의 금은 더 이상 불어나지 않는다

한겨울 창후리 포구

성엣장은 난민들처럼 와글거리며 떠밀리고
바다는 을씨년스런 마음마저 잡아당겨 얼려버릴 기세다

출입금지 구역처럼 되어버린 어판장에는
물새 부부 어구에 얼어붙은 갯내나 쪼고 있다

판자에 잡어를 펼쳐놓고 비닐 조각과 스티로폼을
나무젓가락으로 골라내던 어부의 아내도
비닐 앞치마 고무장화 발로
동어나 망둥이를 들여가라고 외치던
호객꾼 조선족 알바도 보이지 않는다

여객선이 지금 창후리 포구를 출발하면
유행가 두어 곡 부르는 사이
교동 월선포에 닿을 텐데
여객선과 갈매기는 교동대교를 탓하며 어디론가 떠나갔다

해상여객터미널은

배표를 끊고 요기를 하고
주민번호와 행선지를 휘갈기던 여행객과
뒷걸음질로 배에 오르던 자동차들이 어른거리는 모양이다

시퍼런 얼굴로 주차장 입구에 둔 눈을 떼지 못하고 있다

이마 성할 날이 없다

읍내 대로변 허름한 건물에
새로운 간판이 걸리고 있다

일 년 만에 '장수 콩나물 국밥'이
'빛나라 조명'으로 바뀌는 것이다

'장수 콩나물 국밥' 전에는 만두집이었고
그 전에는 미용실이었던 점포다

장사 안되는 점포 이마 성할 날 없다

못질 받아낸 상처 아물만하면
드릴이 그 자리를 뚫어대
건물의 이마 흉터투성이 되겠다

수난을 겪는 것이 어디 건물의 이마뿐이랴
업종 바뀔 때마다 인테리어업자들의 손에
성형이 되거나 버려지는 내부와 집기들

한 번 내건 간판을 오래도록 지켜내기가
쉬운 일이 아니라는 것을 알겠다

손 털고 나갔다는 자영업자들의 깊은 한숨이
간판 뜯어낸 못구멍마다 가득하다

뽕나무

노부부가 북산자락 묵정밭 두렁에서
뽕나무 밑을 파고 있다

거름을 주는 줄 알았는데
천식에 달여먹을
생뿌리를 캐는 중이라고 한다

궁금하여 삽날 번뜩이는 구덩이를 들여다보다가 움찔
뿌리 반을 잘라내도 사는데 지장이 없다는 것이다

해마다 이런 수난을 겪었을 구부정한 뽕나무들
어금니 앙다물고 듬성듬성 푸르다

이 뽕나무들은
오종종 매달린 오디를 익힐 수는 있을까
차라리 이대로 드러눕고 싶을지도 모르겠다

삽날이 뿌리에 닿을 때마다 경련을 일으키는 나무
가지 끝을 가만히 잡은 내 손도 바르르 떨린다

화개사

교동 화개사는
스스럼없이 들러 가는 이웃집 같고
소꿉친구가 살던
고향마을 맨 꼭대기 집 같다

그곳에는
시장하다는 말을 들으면 바로
밥을 차려주는 스님이 있다

스님이 차리는 밥상엔
부처님 보겠다고 절 뒷산에서 뛰어내린 상수리
불심으로 엉긴 묵이 놓이고
절 마당 아래 천수답에서
불경 소리 듣고 여문 쌀밥이 오른다

숭숭 구멍 뚫린 사람은
뱃속부터 얼러 놔야 쓴 설법도 먹힌다고
스님은 오늘도 배고픈 중생을 위한 쐐기부터 깎는다

겨울 모란

날마다 유리창에 입술을 대고
종일 빈 꽃대 꽃자리를 애무하는 햇살의 정성에

창턱에 올려놓은 화분에서 모란이 피었다

발바닥을 지나 온 몸 누비는 감로수에
방안은 따뜻하니
계절 모르고 피어난 꽃

허나 기쁨은 잠깐
추위에 놀란 모란이 옹그린 채 시들고 있다

제 **4** 부

첫사랑

주전자에 담긴 물을 음료용 페트병에 따른다

주전자가 가벼워지는 만큼
페트병 허리를 잡은 손이 바들거린다

무게를 받아내던 손이 잠깐 비끗했는데
주전자의 물은 병의 입을 벗어나 손등으로 쏟아진다

더운 마음을 물 따라주듯 하던 그의 눈에서
잠깐 비켜섰다가
아주 엇나가 버린 첫사랑이 문득 손등에 흐른다

그는 속마음 남김없이 따라주고 싶었을 것이다

붕어를 손질하며

도마 위에 누운 붕어의
비늘을 벗긴다

스크럼을 짠 비늘들의 결속력
방어인가 저항인가
솔방울처럼 일어나
벽으로 조리대로 튀어 다닌다

순한 속살에
정교하게 새겨진 비늘문양의 문신
붕어는 몸에다 또 한 번 자기를 문신해 두고 있었다

비늘 무늬가
고대 어느 부족의 몸에 그려진 표식 같다

수로를 차고 오르고
수초를 파고들던 몸놀림
물속의 삶을 투영시킨 물결무늬

붕어를 손질하다
겉모습 뒤에 새기고 있는
내 생의 무늬를 생각해 본다

쌀 알갱이

장염 걸려 입원했다

위장이 무엇에 틀어졌는지

들어가는 음식마다 싫다며 주먹질에 발길질이다

항생제를 맞고

꼬박 닷새 만에 죽 그릇에 숟가락을 꽂았다

물에 푹 끓인 쌀 알갱이 한술 두술 몸에 떠 넣자

따뜻한 점성의 기운이 멍한 근육들을 깨우고 다닌다

커튼 너머로 떠오르는 아침 해가

창공을 가로지르는 새의 날갯짓이 힘차다

꼼지락거려지는 발 그리고 발밑을 괴는 굄돌 같은 힘

마른 논에 흘러드는 물 같은 생기

흠씬 물러서 퍼진 죽 한 그릇의 힘이 링거액보다 세고 푸르다

숲길에서

산속을 흐르는 오솔길은
숲속 식구들 이야기가 포개져
푹신거리는 길인데
누군가 마당 쓸 듯 싸리비로 쓸고 갔네요

숲길은 느닷없는 비질에
흔적들 한꺼번에 쓸려 보내고 정신이 얼떨해요

이력이 날아가 바닥이 드러난 길을 내려다보며
나무들은 일제히 허탈하게 웃고
딱정벌레는 어디로 몸을 숨길지 도리반거려요

숲길은 솔가리가 떨어져 얼기설기 쌓이고
벌레 먹은 낙엽이 뒹굴고
두더지가 갈아놓은 작은 흙무지도 가로 걸쳐 있고
죽은 벌레에 붙어 오글거리는 개미들도 보이고
솔방울이 툭툭 발길에 차이기도
부러진 삭정이가 길을 막기도 해야 되잖아요

누군가의 결벽증 같은 비질이
숲길의 자취를 함부로 지워버린 거죠
다시 이야기가 수북이 쌓이려면
오랜 시간 침묵으로 기다려야 하겠네요

풀

친정집 오래뜰은 말을 놓아 길러도 될 만한 초원이 되었다
지난여름 풀과 씨름하다 못 당하고 기권한 아버지

나는 인질이 된 난장이 들깨를 구출하듯 골라 베고
부지깽이로 헤치며 보물찾기하듯 늙은 호박을 찾아다닌다

풀씨를 사방으로 튕겨대는 점거자들
발길 지나는 대로 씨주머니를 비운 풀들이 드러눕는다

모래사장을 거닌 것 같은 이물감에 신발을 터는데
쏟아지는 풀씨가 한 종발이다

내년엔 텃밭이 풀밭으로 변하고
아버지는 더 기울고 풀씨들은 안마당까지 넘볼 것이다

호박죽을 쑤다가

호박죽에 넣을 찹쌀을 믹서기에 가는데
불은 쌀알들 물이 적다고 툴툴거린다

물렁하게 익힌 호박 속살을 으깨고
찹쌀물로 점도를 맞추자
빛깔과 성질 다른 입자들 어우러지며
담황색 용암처럼 펄떡인다

달라도 너무 다르던 나와 남편
같은 구석이라곤 내내 없어
바가지 깨는 소리 내지 않는 것이 용하고 신기했는데

남편은 내게 차츰 스미고
나는 남편에게 차지게 엉겼나
수십 년 호박죽처럼 끓고 끓였더니
다디달게 뜸 들어가고 있다

고구마

사람과 한 방에서 겨울을 났는데도
고구마는 표정을 잃고 비쩍 말라 있었다

마른 고구마들을 소각용 쓰레기봉투에 담는데
맨 밑에서 작은 고구마 하나가 꿈틀
가는 숨결을 보랏빛 새순으로 올리는 중이었다

유리컵에 옮겨 놓자 물 들이켜고
수십 개의 촉수를 뻗치는 고구마
순을 수직으로 꼿꼿이 세웠다

야무진 집념에 몽클하여
분갈이한 흙 자루에 담아
고구마 순 세 개를 꾹꾹 꽂아 옥상에 두었다

물 준 것밖에 없는데
줄기들은 찌는 열기에서 양분이 없는 흙을 어르며
밤낮으로 깊은 속다짐을 해왔나 보다

볕에 삭고 불룩해져 터져버린 흙 자루 안에서
열여섯 개의 주먹이 쏟아진다

나팔꽃

높은 건물에 등을 기댄
아랫집과 윗집 사이

금 간 벽에 습기가 차서 칙칙한
사람들 눈길 한번 준 적 없는 곳에
나팔꽃 씨 한 알 떨어져
터전으로 삼았다

가냘픈 나팔꽃 덩굴이
그늘을 기어 나와
햇빛을 붙들고 일어서더니

오늘 아침 나팔꽃이
목젖 보이도록 나팔을 불고 있다

붉게 터진 나팔 웃음에
흐린 뒷골목 같던 주변이 산뜻 살아나고
분주한 발길들도 잠시 눈을 주고 간다

흥농종묘 앞에서

봄볕이 비닐하우스 안 모종들을 데리고 나왔다

선반에 층층이
좌판에 보도블록 위에 일렬로 늘어선 모종들
입학식 날 운동장에 나란히 서 있는 초등학생들 같다

어린 떡잎들의 조잘거림은 봄의 왈츠가 되어
거리를 들어 올리고
두근거림이 부풀어 올라 구름이 되었나
때맞추어 모종비 내린다

어서 세상으로 나가고 싶다고
덩굴손을 내민 오이 모종
몽당연필만 한 꿈을 보여주는 고추 모종

길이 나도록 밭이랑 오가며
눈 맞추고 쓰다듬으면
하룻밤 한 뼘씩 푸른 길을 낼 꿈나무들이다

감자

대청소하다가 눈에 띈
다용도실 구석에 처박힌 검은 비닐봉지

봉지 열어 보고 아
찹쌀 경단 같은 새끼 감자들이 탯줄에 쪼르르

어미는 얼마나 진을 뺏는지 기진맥진 눈이 퀭하다

지난 초겨울인가 먹다 남은 감자 세 개
까맣게 잊고 있었는데

빛 한 줄 물 한 모금 없는 깜깜한 나라에서
잎이나 흙이불 한 자락 없는 맨몸으로
새끼를 둘 셋씩 낳아 키우고 있다

집 없고 돈 없고 능력 없고 죄다 없다는 말이
인구절벽을 합리화시키려는 세상에

다음 세대를 이으려는 본능이
삶의 애착보다 강한 현장을 본다

자연의 섭리를 따르는 감자가 대견하다

분재

나무의 천성은
가지 무성하게 뻗어
꽃피워 열매 맺고
날짐승 둥지 터 내어주는 일

비좁은 화분 속에서 기형이 되어가는 나무는
철선에 휘감겨 구부러지고 틀어지는
심오한 자연의 축소판

이 앉은뱅이가 꽃을 피우는 것은
지나친 관심이 너무 괴로워
세상을 향해 항의하려고
말문을 여는 것이라고

그렇게 후천성 장애를 딛고도
과실을 맺는 것은
본성을 보여주려는 자존심

순응하는 것은 오로지
새소리 물소리 바람 머무는 숲을
그릴 수 있는 희망 때문

북소리

둥 둥 둥
장엄한 울림에
넓은 강당 허공의 먼지 한 점마저 숨을 죽인다

군중의 함성 같은 소리가
잠든 응어리들을 두드려 깨운다

아우성은 가슴으로 들이쳐 불쑥
알 수 없는 서러움이 북받친다

저 애절한 외침은
한과 분으로 가득 찬
누군가의 가슴에서 출발했을 것이다

고수의 신호에
일제히 돌진해 오는 북소리

가죽의 힘이

저리 질기고 무한해서
사람의 가슴을 흔들 수 있는 것이다

마마보이

이대 독자 아들을 왕처럼 떠받들던 엄마가
백세의 문턱에서 아들 손을 놓았습니다

팔순의 아들은
중년 넘은 자식이 열 명에
장성한 손자가 열 명인데
논갈이 나간 어미 소 찾는 송아지처럼 울었습니다

엄마한테 아들은
약한 바람에도 쓰러질 것 같은
웃자란 벼 포기였습니다

오늘도 대문 밀고 안마당으로 들어서면
등을 동그랗게 말고 앉았던 엄마가
콩 꼬투리를 따다 말고 돌아보며
빙그레 맞아 줄 것만 같았나 봅니다

아들은 또 영정 사진 쓰다듬으며 소주병을 기울입니다

알코올은 마중물이 되어
훌쩍훌쩍 콧물 펌프질 몇 번에
가슴 밑 뜨거운 그리움을 퍼 올려서
아들의 눈자위를 붉게 물들여 놓았습니다

아들바라기로 목이 길어졌던 엄마와
응석받이 만능 샌드백을 가졌던 아들이었습니다

삼년상 지나도록 엄마를 놓지 못하는 친정아버지는
영원한 마마보이입니다

가을

대로변 차량 진입 방지 말뚝에
소형 화물차가 매여 있다

남자는 차량 화물칸을 좌판 삼아
과일 상자를 나란히 열어 놓았다

상자 사이마다 과일 틈새마다
가을볕이 가득하다

남자는 올라가다 미끄러진 비탈길과
중심을 잃고 넘어진 커브 길을 돌아서
여기까지 왔을 것이다

차에 정물같이 기대 서 있던 남자가
가을볕을 따라서 과일상자를 옮겨 본다

쏟아지는 가을볕과 마주 선 남자
실눈을 뜬 채 번쩍 치켜든 손에

방금 과일값으로 받은 지폐가 쥐어져 있다

바람 한 줄 지나가자
과일상자 위로
은행잎이 지폐처럼 가득 내려앉는다

참마

숲속에 참마는
지난봄 가던 길을 뚝 멈추었다
건강 마니아에게 덩이뿌리와 새싹을 송두리째
앗긴 것이다

다행히 작은 싹 하나가
묻어온 흙과 함께 제라늄 화분에 버려져
제 길을 다시 가게 되었다

눈총 맞는 곁방살이에
힘겹게 나선 걸음
참마는 허공이라도 부여잡을 각오로
다시 길 위에 섰다

햇빛은 창밖에서 감질나게 하고
고개는 가누기 어려워 흔들린다
그렇다 해도 참마는 허공에
길을 내며 앞으로 나간다

매일 굼틀굼틀 걸어
어느새 길을 천정까지 닦아 놓았다

참마의 넝쿨 걸음이 숲으로 나 있다

편두통

양곡에서 검단 가는 길은
수년째 만성편두통을 앓고 있다
아침에는 오른쪽 길을 짓누르고
저녁에는 왼쪽 길을 짓누른다
가르마 같은 황색 실선을 대칭으로
아침저녁을 바꿔가며 아프다
길이 막히자 자동차들이
질주 본능을 누르느라
그릉그릉 앓는 소리를 낸다
양곡에서 검단 가는 길은 편두통 중이다

지극한 모성과 긍정의 시선

공 광 규

(시인)

지극한 모성과 긍정의 시선

공 광 규
(시인)

1.

송병옥은 사물과 사건을 지극한 모성의 눈으로 바라본다. 낮고 못생긴 것에 대한 연민과 실패하고 절망하는 사람, 늙고 병들어 아픈 사람, 수목과 화초를 바라보며 삶의 원리를 탐구한다. 일상에서 만나는 온갖 사물과 힘겨운 사람들의 삶을 따뜻한 모성의 눈으로 바라보고, 인생에서 늙고 절망에 이른 삶을 관찰하고 위로한다.

삶을 긍정하고 시를 통해 사물이나 사건, 사람들에게 손을 잡아주고 안아주는 송병옥의 이런 마음과 창작 행위는 모두 생활일상과 경험에서 출발하는 것이어서 믿음이 간다. 시의 제재가 보편적 인간의 일상에 기반한 비유와 상상의 체계 안에 있어서 더욱 큰 공감을 준다.

그의 시를 읽어가면서 비밀스러운 인생의 의미를 비유로 읽어내는 쾌감이 이만저만 즐거운 것이 아니다. 이런 송병옥 시집에 게재된 시들을 주제로 유형화하면 시인의 모성적 애정과 연민, 등장인물들의 늙음과 절망과 죽음, 진술의 긍정과 극복 의지로 요약할 수 있을 것이다.

이런 주제들은 시인의 생장 공간인 시골경험과 토목노동자들과 어울리는 생업 현장, 그리고 애정 어린 어머니와 여성의 눈으로 사물과 사건을 바라보는 따뜻함이 있어 설득력을 더한다.

2.

송병옥은 사물과 사건에 애정과 연민을 끊임없이 보내는 모성의 시인이다. 표제시 「보조개 사과」에서 못생긴 사과에 대한 시인의 따뜻한 연민을 엿볼 수 있다. 사물을 사람으로 환치하여 보는 모성의 간곡한 애정이 표현되고 있다. 품이 넓고 따뜻한 시인의 천성과 성격, 윤리관이 시를 통해 오롯이 드러난다.

탐스런 표면에 쏙들어간 홍터 하나씩
옥에 티다
우박에 맞아
군데군데 흠집 난 사과
상처는
익어 갈수록 또렷해 졌다

가게 주인은 보조개 사과라고 한다
사람의 볼우물로 봐 주라는 것이다

아픔을
속으로 아물렸을 사과
과일가게 뒷줄에 있어도 마음이 먼저 간다

— 「보조개 사과」 전문

과일은 꽃이 피어서 익기까지 내내 비바람을 맞아야 한다.
이상 기온으로 우박이 내릴 때도 있다. 성장 과정에서 비바람
에 나뭇가지가 긁혀 표면에 상처가 날 수도 있고, 우박을 맞아
움푹 파일 수도 있다. 과일이 성장 과정에서 얻은 상처는 사람
의 상처처럼 지워지지 않고 평생 가지고 간다.
　화자 앞에 있는, 시장에 나온 사과도 그렇다. 표면은 탐스럽

지만 아쉽게도 쏙 들어간 흉터를 가지고 있다. 성장 과정에서 우박을 맞은 것이다. 상처가 난 자리는 자라지 않으므로, 상처는 익어 갈수록 또렷해질 수밖에 없다. 이런 사과를 소비자는 꺼린다. 그러나 과일가게 주인은 사람의 볼우물을 닮은 보조개 사과로 봐달라고 능청을 떤다.

사과의 상처를 볼우물로 비유하고 미화하는 과일 장사의 능청도 멋지지만, 그 볼우물의 본질인 상처의 이면을, 아픔을 보는 화자의 관찰력이 따뜻하고 깊다. 사과들은 상처의 아픔을 아물리면서 자라 시장에 나와 과일가게 뒷줄에 앉아 있다. 손님들이 꺼려하는, 정상적인 것으로부터 소외된 사과들이다.

화자는 과거 흉터가 있는 사과에게 연민의 마음과 사랑의 시선을 보낸다. 이런 상처에 마음이 먼저 가는 시인의 됨됨이가 화자를 통해 적실하게 표현되고 있다. 사과의 흉터에 관심과 연민을 갖는 시인의 마음, 독자들은 사과의 흉터를 상처가 있는 사람으로 금세 의미를 확장하여 읽어낼 것이다.

시인이 「보조개 사과」에서 사과의 상처를 보고 연민의 마음을 일으켜 애정의 눈빛으로 대상을 보았다면, 「상수리나무」에서는 상수리나무에 난 흉터를 보고 연민의 마음을 일으켜 모성으로 대상을 쓰다듬어 준다.

남산 산책로엔

상수리나무들이 저마다 훤칠한 키에
무성한 잎을 달고 서있다

가까이 다가가 보니
나이 먹은 나무는 하나 같이
넓고 깊은 흉터를 지니고 있다

문득 어릴 적 친정집 뒷동산
상수리나무들이 다가 온다
가을이면 동네를 흔들던 메질 소리
나무의 멱살을 잡고 흔들다 못해 매질하던 사람들

몇 차례 연거푸 떡 메로 얻어맞으면
상수리나무는 비틀거리면서
막 아람 벌어지기 시작한
상수리들을 툭 툭 놓아버렸다

살점 이겨진 곳에 고인 투명한 피
나무의 눈물인 줄도 모르고 달려들던 벌과 사슴벌레
아물면 또다시 그 딱지에 상처를 가해도
꿋꿋이 살아 온 상수리나무
울룩불룩한 흉터를 가만히 쓰다듬어 본다

                    ─「상수리나무」 전문

덩치가 큰 상수리나무에 흉터가 있는 것을 우리는 흔히 목격한다. 사람들이 상수리열매를 털기 위해 흔들어보다 안되면 돌이나 나무망치로 치기 때문이다. 남산 산책로에 서 있는 상수리나무들도 마찬가지다. 무성한 나뭇잎들을 매달고는 있지만, 나이 먹은 나무들은 모두 넓고 깊은 흉터들을 가지고 있다.

화자는 이런 상수리나무들을 보다가 문득 친정집 뒷동산 나무들을 기억해 내고, 열매가 익어 가는 가을이면 동네를 흔들어내던 메질 소리를 기억해 낸다. 상수리들을 쏟아내던 나무들을 생각한다. 상처가 난 곳에는 투명한 수액이 피처럼 흐르고, 벌과 사슴벌레는 이 달콤한 수액을 먹으러 달려든다.

열매를 다 쏟고 난 계절을 지나면서 상처가 아물만하면, 다시 열매가 익는 계절이 오고, 그러면 사람들이 또 상처 위에 메질을 하고, 이런 수난을 겪으며 살아가고 있는 상수리나무가 애처롭다. 어쩌면 인생도 이런 것일지 모른다. 이런 흉터를 가진 상수리나무가 안타까워 가만히 쓰다듬는 화자의 행위가 성자의 손처럼 아름답다.

시 「굴참나무」는 화자가 관찰자 입장으로 굴참나무와 도토리를 어미와 자식들의 관계로 비유하고 있다. 시인은 등산로에서 굴참나무 도토리를 만나는 데서 시상을 얻었을 것이다. 나무에서 떨어진 도토리들이 가지각색인 것처럼 한 어미 몸에서 나온 자식들도 제각각이라는 것이다. 도토리의 외형에 사람을 비유하고 있다.

자식이 여럿이면 어리숙한 무녀리도 있고, 가출을 밥 먹듯이 하는 문제아도 있고, 뭔가 모르게 미숙한 자식도 있다. 뿐만 아니라 미끈하고 잘 생긴 도토리도 있다. 그렇지만, 어미의 사랑은 차별이 없다. 이런 자식 같은 열매들은 굴참나무 아래서 종알종알 이야기를 하며 따가운 햇볕을 쪼이고 있다.

이런 도토리들을 보고 화자는 걱정을 한다. 도토리가 벌레를 먹고 겨울이 오기 전에 뿌리를 내려서 후대를 이어야 할 텐데 하고. 그래야 현재 숲을 지속적으로 이어갈 수 있기 때문이다. 그래서 굴참나무는 도토리들을 걱정스런 얼굴로 내려다본다. 잘 난 도토리나 못난 도토리 모두 가리지 않는 어미의 사랑 대상이다.

작은 바람이 불어도 자기 자식들이 뿌리를 내리지 못할까 봐 걱정하는 어미의 마음을 굴참나무에 비유하고 있다. 이처럼 송병옥은 시장 과일가게에서 시상을 얻거나 등산이나 산책 중에 만난 상처 난 상수리나무를 안쓰러워하고 굴참나무와 도토리를 어미와 자식들의 관계로 비유하여 시상을 전개시켜 나간다.

3.

송병옥은 어떤 사물이나 사건에서 사람의 인생살이를 유추하여 비유한다. 사물이나 사건에서 인생을 발견하고, 시의 원리인 비유의 장점을 충분히 활용한다. 비유적 진술을 활달하게 구사하여 시인의 눈에 들어온 사물과 사건들을 여지없이 인생으로 변용시킨다.

시인은 시 「마른미역」에서 "골다공증 심한 뼈 사진을 포개놓은 것 같"은 "볕에 몸을 말린 미역"을 보고 어머니의 삶을 떠올린다. "바다 속 바위에 착 붙어서/ 조류에 흐름을 따르고/ 파도에 휘둘리며 산" 보통사람의 인생이다. 여느 며느리가 그랬듯 "층층시하 시집살이에 고달팠"다. 이런 어머니의 삶이 마른미역을 물에 담그자 확 풀어지는 듯하다.

시 「와불」역시, 석모도 해명산 와불을 보러 갔다가 요양병동에 누워있는 어머니를 생각하는 내용의 시다. 시어머니는 병원 목련방에 있는 와불이며, 보문사에 누워있는 불상을 닮았다. 시 「부모」는 감을 따다가 얻은 발상으로 보인다. 감나무는 다닥다닥 매달린 감들의 무게로 휘어져 있다.

감나무에 태평하게 매달려 익어 가던 감들. 화자가 감을 따내자, 감의 무게로 휘었던 나뭇가지가 제자리로 돌아간다. 감이 커가면서 "등이 휘고 어깨가 점점 처져도 지금껏/ 내색 없이 견뎌온 감나무"는 부모를 비유한다. 감나무는 "젖꼭지를 놓쳐버린" 감들을 걱정하고, 허리는 펴졌지만 허전해 보인다.

친정집 텃밭에 앉아 감자를 캔다
호미를 깊이 넣고 줄기를 잡아당기자
잇따라 해맑끔한 얼굴을 내미는 감자들

올망졸망 젖줄 잡고 있는 감자를 떼어내는데
볼품없는 씨감자도 아직 달려있다

어머니 같은 씨감자 뚝 떼어 낸다

중심을 지키느라 고달팠던 모체
손이 닿자 형체를 잃고 힘없이 쭈그러든다

줄기로 알뿌리로 자양분 고루 퍼 나르느라
속이 빈 어머니다

오목한 씨눈마다 깨워서 싹을 틔워 올린 씨감자

씨감자를 자르던 툇마루에서
자식이 많아야 집안이 번성한다던 어머니 말씀이 떠오른다

가뭄 땡볕에도 감자알은 제법 실한데
어머니 생이 거무스름하고 쪼글쪼글한 껍데기로 잡힌다

—「감자를 캐며」전문

위의 시는 친정집 텃밭에서 감자를 캐면서 어머니의 삶을 떠올린다. 감자를 캐는데, 뿌리에 올망졸망 매달린 감자들이 마치 엄마의 젖을 잡고 있는 듯하다. 이런 감자를 떼어내다 보니 볼품없는 씨감자도 매달려 있는 것을 알게 된다.

씨감자를 떼어내는데, 푹 하고 꺼지며 형체가 찌그러든다. 어린 감자들에게 양분을 다 내주어 내용물이 없어졌기 때문이다. "중심을 지키느라 고달팠던 모체"인 씨감자는 어머니를 닮았다는 상상을 한다. 그야말로 자식들에게 속을 다 퍼준 속이 빈 어머니다. 화자는 어머니와 씨감자를 자르며 듣던 말씀을 떠올린다.

"자식이 많아야 집안이 번성한다던 어머니의 말씀"은 감자 뿌리에 매달린 감자알들을 상상하게 한다. 감자알이 많이 매달려야 풍성한 수확을 할 수 있다. 실한 감자알을 매달기까지는 씨감자의 역할이 중요하며, 씨감자는 바로 어머니인 것이다. 감자알은 실하지만, 씨감자는 쪼글쪼글한 빈껍데기인 상황. 바로 어머니의 생과 같다.

시인은 호박죽을 쑤면서 남편과의 관계를 상상한다. 시 「호박죽을 쑤다가」다. 남편과는 찹쌀 쌀알과 호박 속살처럼 "달라도 너무 다르던 나와 남편/ 같은 구석이라곤 내내 없"던 성격이다. 그런데 용하게도 "바가지 깨는 소리"를 내지 않고 살아왔다. 그것은 화자가 호박 속살을 으깨고 불은 쌀알들이 물이 적다고 툴툴거릴 때 물을 부어 점도를 잘 맞추었기 때문이다. 지금은 서로가 잘 스미고 엉겨 틈이 들어가고 있다.

이렇게 일상에서 시의 제재를 잘 가져오는 송병옥은 "허물 같은 녹이 한 켜씩 떨어져 나"가는 「녹슨 경운기」를 아버지로 비유하는 가하면, 요양병원에 누워있는 노인을 바닷가 마른 둔덕에 누워있는 폐선으로 비유한다.

물살도 닿지 않는 마른 둔덕에
비스듬히 누운 폐선 한 척
갯바람이 무심히 지나가고
주인도 떠난 지 오래다

요양병동 카네이션 방에 납작 웅크리고 잠 든
노인이 배의 주인 일지도 모른다

저 배 위에다 한 때 노인도
펄떡이는 은빛 비늘을 무더기로 건져 올렸을 것이다
배 위에서 노인의 맛있는 등걸잠은 어디가고
지금은 노인도 폐선도 서로 떨어져서
기약 없는 이승잠을 자고있다

단짝의 고단했던 한평생
이제는 만날 수 없는 서로의 목소리가 그리운지

폐선 위에 헌 비닐이 바람에 울고 있다

―「폐선」 전문

　그렇다. 인생은 먼 대양을 항해하는 배와 같다. 바다에서 평생 물고기를 잡아 생계를 잇는 배와 같다. 그러나 배나 사람이 늙어서 항해를 멈추고 생산을 멈추면, 물이 들어오지 않는 마른 둔덕에 버려지게 된다. 요양원에 버려진다. 마른 둔덕은 요양원을 비유한다.
　시인은 바닷가 마른 둔덕에 누워있는 배의 실제 주인이 노인일지도 모른다는 추정을 한다. 유추적 상상을 통해 공감을 높이기 위한 방식이다. 배의 주인이었던 노인은 한때 은빛 비늘을 가진 고기를 많이 건져 올렸을 것이며, 노동을 한 후에 등걸잠을 맛있게 잤을 것이다.
　그러나 폐선이나 노인은 각각의 장소에서 미래를 기약할 수 없는 이승잠을 자고 있는 것이다. 폐선은 낡아서 헌 비닐을 바람에 날리며 우는 듯하고, 노인은 요양원에서 웅크리고 잠들어 있다. 폐선에서 울부짖는 듯한 비닐의 의미는 배와 사람이 동심 일체로 있던 날들에 대한 희원일 지 모른다.

4.

　송병옥 시인은 사업이나 인생에 실패하거나 정착하지 못하고 떠도는 사람들, 일용노동자와 절망한 사람, 낮은 사람들에게 한없이 따뜻한 시선을 보내는 모성과 긍정의 시인이다. 이들의 절망하는 마음에 공감하고 함께하며, 희망으로 일으켜 세우려는 노력을 한다.

　이를테면 시 「이마 성할 날이 없다」에서는, 건물 간판을 다는 자리에 난 숫한 못 구멍들을 보고 가게가 망해서 손을 털고 나간 자영업자들의 한숨이 뜯어낸 못 구멍으로 표현한다. 고난이 구멍마다 남아 있다는 안타까운 심정을 진술한다. 그러면서 간판을 바꾸어 다느라 드릴로 뚫어대는 벽체를 보고 "한 번 내건 간판을 오래도록 지켜내기가/ 쉬운 일이 아니라는 것을 알겠다"는 경구에 가까운 깨우침까지 얻는다.

　　쌀을 씻는다
　　뜨물거품이 일어나더니
　　쌀알들 동실동실 떠오른다

　　형체는 멀쩡한데
　　스티로폼처럼 수면을 떠다니는 쌀알
　　물에 쓸린다

며칠 전만 해도 아무렇지도 않았던 쌀
벌레가 먹은 모양이다
쌀부대
단속에 무심했던 탓이다

생긴 건 멀쩡한데
한 곳에 정착하지 못하고
둥둥 세상을 떠다니던 사람

우리 회사에 일용직으로 왔던
석축공이 생각난다
충청도에서 왔다는

— 「쌀을 씻다가」 전문

화자는 시 「쌀을 씻다가」에서, 쌀을 씻으며 형체는 멀쩡하나
둥실둥실 수면에 떠다니는 벌레 먹은 쌀알들을 보며, 외모는
멀쩡하나 한 곳에 정착하지 못하는 사람을 상상한다. 그러면
서 "우리 회사에 일용직으로 왔던/ 석축공"을 생각해 낸다. 사
물이나 사건에서 환기하는 능력이 인간 중심적이어서 시인의
인간애가 엿보이는 시다.

시인 갖는 시적 대상은 주로 실패하거나 정착하지 못하고 떠도는 사람들이다. 시 「북청약수」에서는 사무실 근처 식당에서 점심을 먹으러 와서 식당 주인에게 소주를 달라고 청하는 남자에게서 "아버지가 마시는 술에 반은 눈물이라는데/ 저 남자는/ 밥벌이가 만만치 않은 가장인지도 모르겠다"는 상상을 하기도 한다.

시 「화상 입은 반그늘 나무를 보며」에서는 사무실 리모델링을 하면서 내놓은 반그늘 나무에 단풍이 든 것을 보고는 "연쇄부도의 불꽃에 홧홧해 하더니/ 부황 든 것처럼 누렇게 떴던" 사업이 잘 안 되어 인생이 슬퍼진 사람을 떠올리기도 한다.

시 「등 뒤에 길」은 들깻잎에 묻어서 온 애벌레를 관찰하면서 쓴 시다. 애벌레는 길을 가다가 장애를 만나면 죽은 듯 있다가도 몸을 일으켜 길을 다시 탐색한 뒤 이동한다. 방향을 바꿔 뒤를 돌아 이동하면서 길을 찾아가고 있는 것이다. 여기서는 사업이 안 되자 죽음을 택해 목숨을 버린 고기집 주인을 떠올린다. 애벌레가 선택한 길처럼 등 뒤에도 길은 있을 텐데, 그것을 발견하지 못한 사람에 대한 안타까움을 애벌레의 행위를 통해 비유하고 있다.

시 「매미」도 마찬가지다. 방안에 있는 화분에서 우화한 매미가 방바닥에 죽어있는 것을 추적하다가 화자가 사는 곳과 "멀지 않은 원룸 옥탑방에 살던 취업준비생이/ 죽었다는 소식"을 떠올리며 안쓰러워한다. 굼벵이에서 몇 년을 기다려 우화한 매미는 창밖으로 날아가야 하는데, 집의 "빈틈없는 블라인드는"
에 갇혀 나가지 못하고 죽은 것이다. 빈틈없는 블라인드는 취
업 절벽을 비유한다.

그러나 송병옥의 시에 이런 실패와 절망, 안타까움만 있는
것이 아니다. 이런 가운데서도 일용노동자, 낮은 자에 대한 사
랑과 건강한 노동, 희망과 힘찬 미래에 대한 진술이 있다. 대표
적으로 시 「아침 공사장」은 이른 아침부터 울려 퍼지는 인부
들의 기운찬 "망치질 소리"가 들리듯 활력이 있다.

시 「노가다씨에게」에서는 "하루 벌어 하루 잇는다고/ 하루
살이의 생을 떠올리지 마라"고 한 뒤, "오늘의 노동은 내일 또
내일을 위한 한 줌의 햇살이"이며, "누가 누구의 앞날에 대해
서/ 어설픈 예언을 할 수 없"을 뿐더러 "우리는 너나없이/ 흐
르는 물처럼 바다로 향하는 물 위의 인생순례자들"이라고 위
로한다.

시 「황소인력사무소」에서는 신새벽부터 힘을 팔러 나온 인
부들은 일자리가 없어서 반쯤은 돌아가야 하는 실정이다. 화
자는 누가 저 황소 같은 인부들을 모두 몰고 나가 부려주기를
소망한다. 시 「가을」에서는 차량 화물칸을 좌판 삼아 과일을
파는 남자가 방금 과일값으로 받은 "번쩍 치켜든" 지폐와 바
람이 지나가자 "과일상자 위로/ 은행잎이 지폐처럼 가득 내려
앉는" 정경이 긍정적이고 풍요롭다.

시 「감자」는 대청소를 하다 다용도실 구석에 처박힌 검은 비

닐봉지 속에서 싹이 나서 감자알을 키우고 있는 모습에서 "집 없고 돈 없고 능력 없다는 말이/ 인구절벽을 합리화시키려는 세상에// 다음 세대를 이으려는 본능이/ 삶의 애착보다 강한 현장을 본다"며 현재 사회를 비판하고 있다. 문명적 인위적 삶보다는 자연의 섭리를 따르는 감자의 대견함을 본다.

　시 「맞벌이주부의 하루」에서는 맞벌이 주부의 고단함과 달리 "문틈으로 새어 나오는 아이들 웃음소리"를 "내일로 가는 기적 소리"로 듣는다. 시 「가계부」도 그렇다. 가계부 행간에 걸렸던 화자의 한숨 소리는 웃음소리로 펄럭이고, 시 「부활」에서는 예초기에 풀이 베인 자리에서 살아나는 뿌리를 예견한다.

　강화읍성에서 만난 질경이를 통해 쓰러지지 않고 다시 일어서는 극복 의지와 꽃대를 밀어 올리는 긍정의 메시지를 시 「질경이」를 통해 진술한다. 시 「흥농종묘」에서 모종들은 "길이 나도록 밭이랑 오가며/ 눈 맞추고 쓰다듬으면/ 하룻밤 한 뼘씩 푸른 길을 낼" 것이며, 시 「봄비를 바라보며」에서는 봄비가 내린 후 겨울잠에서 깨어난 "씨앗들의 종알거림"과 나풀대는 "나비 떼" 등 풍성한 봄날의 풍경을 예감케 한다.

　　앵두가 담긴 바구니를 들자
　　주르르 거실 바닥으로 쏟아지는 열매들
　　바구니 밑 한쪽이 어그러지고 옆구리가 터졌다

작대기바늘에
쌀부대 입을 봉했던
굵은 실을 꿰어서
새는 플라스틱바구니를 꿰맨다

벗나간 이쪽 살과 저쪽 살을
아울러 꿰매자
바구니 살들 든든히 아물렸다
한동안 걱정 없이 쓰겠다

산다는 것도 이렇게
서로를 잡고 있는 인연의 살 벌어질 때마다
새는 바구니를 꿰매듯
그 사이를 잇는 일
어긋난 살을 당겨서 꿰매는 일일 것이다

—「바구니를 꿰매며」 전문

위의 시는 앵두를 담았던 찢어진 바구니를 꿰매는 데서 얻은 삶의 통찰이다. 개인의 삶뿐이 아니라, 실패하고 절망하면서 윤리와 도덕이 절단 난 세상을 화합하고 봉합하고 싶어 하는 송병옥의 모성과 인성, 인간애가 압축적으로 보인다. 시인

이 생활 경험에서 얻은 지혜가 오롯이 드러나고 비유와 의지가
시를 통해 전해진다.

5.

　송병옥 시집의 시들을 일관하면서 드는 몇 가지 생각은, 송
시인이 사물과 사건에 대한 연민과 모성적 접근, 실패하고 절
망하는 사람들에 대한 공감과 위로, 삶의 긍정을 통한 극복
의지를 희망의 언사로 진술해내는 시인이라는 것이다.
　상처가 난 못생긴 사과와 상수리나무를 모성의 눈으로 바
라보고 연민하며, 거기서 인간의 삶을 비유해낸다. 굴참나무와
굴참나무 열매를 어미와 아이들로 병치하고, 나무에서 떨어져
장래가 어떻게 될지 모르는 도토리의 미래를 어미의 입장으로
걱정한다.
　그리고 사업이나 인생에 실패하거나 정착하지 못하고 떠도
는 사람들, 일용노동자와 절망한 사람, 낮은 사람들에게 한없
이 따뜻한 시선을 보내는 모성과 긍정의 시인이다. 이들의 절
망하는 마음에 공감하고 함께하며, 희망으로 일으켜 세우려는
노력을 한다.
　더하여 그의 시를 읽어가면서 인생의 의미를 비유로 읽어내
는 쾌감이 이만저만 아니다. 사물과 사건에서 얻은 인생의 주

제들을 시인의 생장 공간인 시골 경험과 생업 현장, 그리고 애
정 어린 어머니와 여성의 눈으로 바라보고 따듯하게 감싸는
것이 설득력을 더하게 한다.

송병옥

• 경기도 김포 출생으로 2018년 《문학광장》 신인상 및 2019년 《시와소금》 신인상 당선하였다. 2019년 인천광역시 (재)인천문화재단 한국문화예술위원회 창작지원금 수혜하였으며, 2002년 《수필춘추》 신인상 당선으로 수필가로 등단했다. 2017년 수필집 「다섯 번째 계절에 피는 꽃」 발간한 후, 현재 한국문인협회, 문학광장 및 시와소금작가회, 강화문학회에서 활동 중이다.

시와소금 시인선 095

보조개 사과

ⓒ송병옥, 2019. printed in Seoul, Korea

초판 1쇄 인쇄 2019년 06월 24일
초판 1쇄 발행 2019년 06월 29일
지은이 송병옥
펴낸이 임세한
디자인 유재미 정지은

펴낸곳 시와소금
출판등록 2014년 1월 28일 제424호
발행처 강원 춘천시 충혼길20번길 4, 1층 (우-24436)
편집실 서울시 중구 퇴계로50길 43-7 (우-04618)
팩스겸용 (033)251-1195 / 휴대폰 010-5211-1195
이메일 sisogum@hanmail.net
ISBN 979-11-86550-94-6 03810

값 10,000원

인천광역시   IFC 인천문화재단   한국문화예술위원회 Arts Council Korea

* 이 시집은 인천광역시 (재)인천문화재단 한국문화예술위원회 지역협력형사업으로
  선정되어 발간하였습니다.